AF358196

Chez les Fourmis

DESSINS DE

ERNEST GRISET

BIBLIOTHÈQUE
et
MAGASIN D'ÉDUCATION
ET DE RÉCRÉATION

Edit. J. Hetzel
Paris — 18 r. Jacob

CHEZ LES FOURMIS

Ces fourmis, des nounous modèles !
Elles sont plus laides que belles,
Et ne chargent point leurs turbans
De ribambelles de rubans ;

Mais, en revanche, quelle adresse,
Et que de soins et de tendresse
Elles montrent pour leurs bébés !
En est-il qui soient mieux tombés !

C'est ici le palais scolaire,
Où s'en viennent les fourmisseaux
Préluder par l'abécédaire
A de plus pénibles travaux.

L'institutrice les appelle
Par escouades au tableau ;
Là, chacun à son tour épelle
Soit b, a, ba, soit b, o, bo.

Le moment de l'apprentissage
Arrive ensuite. Il faut, sitôt
Qu'est donné le signal d'usage,
A droite, à gauche, en bas, en haut,

Rôder, fouiller, afin de prendre
Tout ce qui peut traîner de bon;
Voilà ce qu'on a droit d'attendre
De fourmis dignes de ce nom.

Ce n'est pas tout : il faut encore
Savoir défendre son butin.
Aux appels du tambour sonore
On s'assemble dès le matin.

On manœuvre en colonne, en masse,
On se déploie en tirailleurs ;
Puis, en bon ordre on se ramasse.
Après quoi, chacun tire ailleurs.

Que tout à coup on crie : Aux armes !
Dans la nation des fourmis
Personne n'en conçoit d'alarmes,
On les verra, ces ennemis !

Les voici ! Multitude agile,
A l'attaque ils se sont lancés.
Vains efforts, fureur inutile !
Avec perte ils sont repoussés.

La ville est restée investie.
Fantassins, cavaliers, allons !
Qu'une vigoureuse sortie
Disperse ces noirs bataillons !

Ils sont partis, c'est un tonnerre ;
Devant eux tout ploie ou s'abat.
Il faudrait vraiment un Homère
Pour chanter ce brillant combat.

Que d'exploits dignes de mémoire !
Les assaillants, de leur côté,
Tâchaient de se couvrir de gloire :
C'est comme s'ils avaient chanté.

Victoire, et déroute complètes !
On voit revenir les vainqueurs
Fiers des captures qu'ils ont faites.
L'allégresse est dans tous les cœurs.

Un festin, un grand bal ensuite
Fêtent ce triomphe éclatant.
Nombre d'insectes qu'on invite
Arrivent le cœur palpitant.

Mais déjà l'orchestre fait rage ;
On danse, on valse, on polke à mort,
Et jusqu'au jour, suivant l'usage,
Règne le plus parfait accord.

Directeurs : Jules Verne, J. Hetzel,
Abonnement d'un an : Paris. 14 fr. ; Départements 16 fr. ; Union postale. 17 fr.